COISAS DE MENINO

PROIBIDO PARA MENINAS

Ciranda Cultural

CIP-BRASIL. CATALOGAÇÃO NA PUBLICAÇÃO
SINDICATO NACIONAL DOS EDITORES DE LIVROS, RJ

C636

Coisas de menino / Ciranda Cultural ; [ilustração Shutterstock]. - 1. ed. - Barueri, SP :
Ciranda Cultural, 2017.
    96 p. : il. ; 20 cm.

    ISBN 9788538060512

    1. Ficção infantojuvenil brasileira. I. Ciranda Cultural.

16-37862   CDD: 028.5
                                CDU: 087.5

© 2017 Ciranda Cultural Editora e Distribuidora Ltda.
Produção: Ciranda Cultural
Ilustrações: Shutterstock

1ª Edição em 2017
17ª Impressão em 2025
www.cirandacultural.com.br

Créditos das imagens e ilustrações: Shutterstock.com
Capa: CarmenKarin; Sunflowerr; Zabrotskaya Larysa; artenot
Miolo: Jaroslav Machacek; iunewind; lingdamphotothailand; Thomas Pajot; wow.subtropica; jumpingsack; ducu59us; studio-workstock; Stocklifemax; Penndpaper; FMStox; Macrovector; igorrita; Jane Kelly; kulyk; Nassstka; Sibiryanka; yuriytsirkunov; Julia Tim; Leone_V; Surne1shots; Pro_Vector; ByEmo; Ashusha; Wiktoria Pawlak; vectorstockstoker; Dark ink; elenabsl; Artos; Double Brain; Oxy_gen; VectorPot; tanyaya; Viktoria Kazakova; kuroksta; Incomible; Agshin Rajabov; Diego Schtutman; moj0j0; Allxnet; Lonely; Nuttapong; palasha; paqui gallardo; PinkPueblo; Beskova Ekaterina; VectorPot; David Spieth; Designer things; vectorstockstoker; marysuperstudio; Denis Cristo; smilingfresh; majivecka; advent; Guz Anna; Wildjohny; jesadaphorn; Zonda; Aniwhite; Vlada Young; GraphicsRF; Doremi; 89studio; Macrovector; Janos Levente; asantosg; Tarapong Siri; Gokce Gurellier.

COISAS DE MENINO

PROIBIDO PARA MENINAS

Ciranda Cultural

Se você está lendo isto, significa uma destas coisas:

Você não é o dono deste livro, portanto, NÃO LEIA!

Você provavelmente é uma menina! FECHE ESTE LIVRO AGORA!

Cuidado! Este sou eu quando estou bravo!

[foto]

ALGUMAS COISAS SOBRE MIM

Gosto de ser chamado de:

....

Se pudesse, mudaria meu nome para:

....

O que eu mais gosto de assistir é:

....

Uma comida que não suporto é:

....

Minha frase predileta:

....

COISAS IRADAS
QUE CURTO FAZER

1 ....

....

2 ....

....

3 ....

....

4 ....

....

5 ....

....

COISAS CHATAS
QUE DETESTO FAZER

1 ....

2 ....

3 ....

4 ....

5 ....

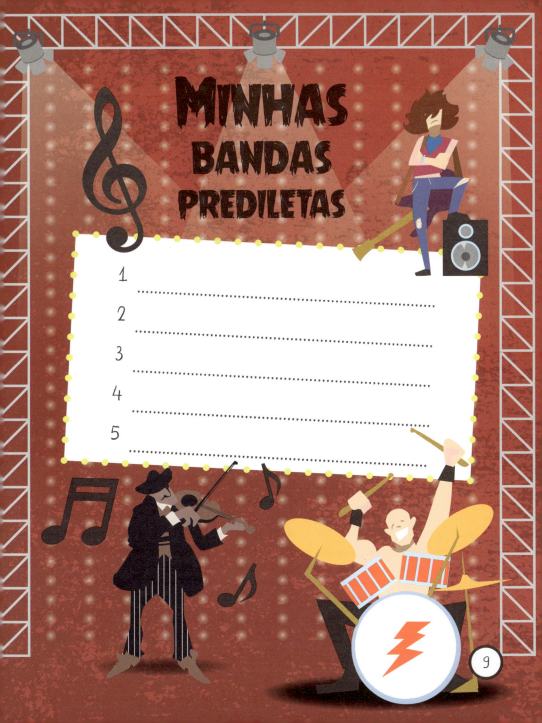

MINHAS BANDAS PREDILETAS

1 ....

2 ....

3 ....

4 ....

5 ....

9

O QUE EU JAMAIS USARIA

☐ Cueca
samba-canção

☐ Suspensório

☐ Sapato social

☐ Touca de Papai Noel

☐ Chapéu

☐ Shorts de bolinhas

☐ Gravata de laço

☐ Capacete de Viking

Meus esportes favoritos

1 ....

2 ....

3 ....

4 ....

5 ....

ESPORTES QUE MENOS GOSTO

1 ....

2 ....

3 ....

4 ....

5 ....

MEU TIME DO CORAÇÃO

Eu torço para

....

Um jogo que eu jamais vou

esquecer foi:

X

....

Meu time

ganhou (   ) perdeu (   )

O meu jogador favorito é

....

Uma foto minha com
a camisa do meu time:

[foto]

Por que eu torço para esse time?

....

....

15

Se eu pudesse mudar algo...

O QUE EU FARIA?

Na minha escola:

....

Na minha família:

....

Na minha casa:

....

No meu quarto:

....

Em mim:

....

COISAS QUE EU JAMAIS MUDARIA

Na minha escola:

....

Na minha família:

....

Na minha casa:

....

No meu quarto:

....

Em mim:

....

E AÍ, DIÁRIO?

___/___/_____

Hoje...

_____
_____
_____
_____
_____
_____
_____
_____
_____
_____

___/___/_____

Hoje...

_____
_____
_____
_____
_____
_____
_____
_____
_____
_____

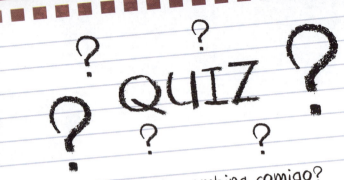

O que mais combina comigo?

casa
ou
apartamento

bicicleta
ou
skate

 esporte
ou
videogame

☐ ☐

 praia
ou
montanha

☐ ☐

 filme de terror
ou
filme de ação

☐ ☐

LUGARES QUE VOU CONHECER UM DIA

1 ....

2 ....

3 ....

4 ....

5 ....

LUGARES PARA ONDE EU NÃO IRIA

1 ....
2 ....
3 ....
4 ....
5 ....

UMA VIAGEM IRADA

A melhor viagem que já fiz até agora foi para

Lá eu fiz várias coisas, como

Foram comigo:

UM FRACASSO DE VIAGEM

O pior lugar que já conheci foi

O que aconteceu lá:

Foram comigo:

CARROS

Meu carro favorito é

Gosto dele porque

A cor que mais combina com este carro é

MOTOS

Minha moto favorita é

_____

Gosto dela porque

_____

_____

A cor que mais combina com esta moto é

_____

E AÍ, DIÁRIO?

___/___/_____

Hoje...

_____

_____

_____

_____

_____

_____

_____

_____

_____

___/___/_____

Hoje...

_____

_____

_____

_____

_____

_____

_____

_____

_____

_____

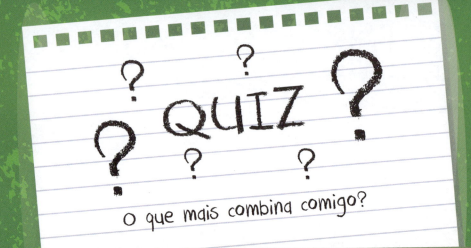

QUIZ

O que mais combina comigo?

carro

ou

moto

viagem

ou

parque de diversões

tênis
ou
sapato

calça
ou
bermuda

livro físico
ou
livro digital

31

Dia incrível

Um dia que eu nunca vou esquecer:

....

....

....

....

....

Coisas que eu faria muitas vezes:

1 ....

2 ....

3 ....

Um dia ruim

Não foi nada legal o que aconteceu nesse dia, pois

....

....

....

....

....

Coisas que eu não farei mais:

1 ....

....

2 ....

....

3 ....

....

PIADAS

Uma piada que eu gosto:

....

....

....

Uma piada que eu inventei:

....

....

....

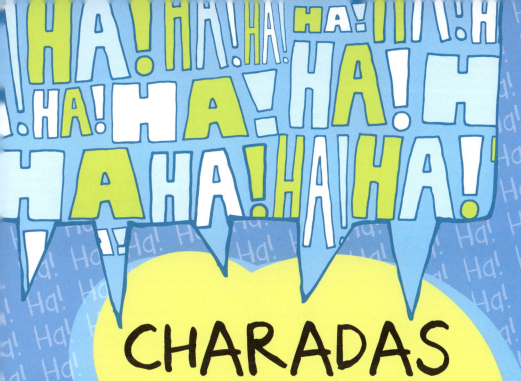

CHARADAS

Uma charada que eu gosto:

....

....

....

Uma charada criada por mim:

....

....

....

37

E AÍ, DIÁRIO?

___/___/_____

Hoje...

_____
_____
_____
_____
_____
_____
_____
_____
_____
_____

__/__/_____

Hoje...

_____

_____

_____

_____

_____

_____

_____

_____

_____

_____

QUE MEDO, QUE NADA!

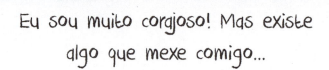

Eu sou muito corajoso! Mas existe algo que mexe comigo...

....

....

....

....

OS BICHOS MAIS NOJENTOS

1 ....

2 ....

3 ....

4 ....

5 ....

MEUS animais PREDILETOS

1 ....

2 ....

3 ....

4 ....

5 ....

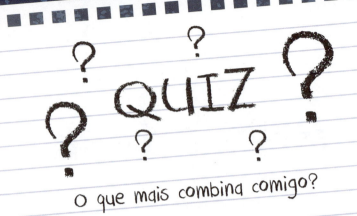

QUIZ

O que mais combina comigo?

gato

ou

cachorro

tartaruga

ou

lebre

peixe
ou
pássaro

☐ ☐

dragão
ou
serpente

☐ ☐

tiranossauro
ou
diplodoco

☐ ☐

DINOSSAURO QUE GOSTO MUITO

Nome:

_____

Peso:

_____

Ele é:

carnívoro (   )

herbívoro (   )

onívoro (   )

ROAR!

Nome:

Peso:

Ele é:

carnívoro ( )

herbívoro ( )

onívoro ( )

COISAS QUE FAÇO MUITO BEM

Sou muito bom em

....

Algo que me faz sentir orgulho de mim mesmo é

....

Uma coisa que eu gosto, mas não sou tão bom, é

....

O que eu preciso aprender a fazer melhor é

....

AMIGOS

Os meus melhores amigos são:

....

Sei que posso contar com eles porque

....

....

Uma coisa que nunca contei
para eles é que

....

....

A coisa mais absurda que eu
e meus amigos já fizemos foi

....
....
....
....

A coisa mais absurda que
eu já fiz sozinho foi

....
....
....
....

MONTANDO MEU TIME

Se eu fosse montar um time de futebol com meus amigos, escolheria:

....

....

....

Por quê?

....

....

....

....

....

JOGANDO PARA ESCANTEIO

Quem eu não colocaria no meu time:

....

....

Por quê?

....

....

....

....

SE...

Se eu ficasse invisível por um dia,

_____

_____

Se eu pudesse voar, com certeza

_____

_____

_____

_____

_____

54

Se eu tivesse superpoderes, o meu poder especial seria

_____
_____
_____

Eu o usaria para _____,
e assim eu conseguiria _____
_____.

55

COISAS QUE
EU FARIA NO ESCURO

1 ....

2 ....

3 ....

4 ....

5 ....

DANDO UM SUSTO

Se eu fosse fazer uma pegadinha com alguém, seria com _____.

Acho que seria legal fazer isso, porque _____
_____
_____
_____
_____

57

E AÍ, DIÁRIO?

___/___/_____

Hoje...

_____
_____
_____
_____
_____
_____
_____
_____
_____

___/___/_____

Hoje...

_____

_____

_____

_____

_____

_____

_____

_____

_____.

_____

COISAS QUE A MINHA MÃE NÃO GOSTA QUE EU FALE

1 ....

2 ....

3 ....

4 ....

5 ....

6 ....

COISAS QUE A MINHA TURMA TODA FALA

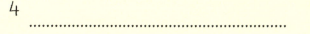

1 ....

2 ....

3 ....

4 ....

5 ....

6 ....

ALGO QUE EU JAMAIS FALARIA

Para meus pais:

_____

_____

Para meus amigos:

_____

_____

Para uma menina:

_____

_____

_____

_____.

Xiu!!!!

Eu nunca disse para ninguém, mas uma menina que eu não acho tão chata é a

_____,

porque _____

_____

_____

_____

_____

_____.

pessoas que são um exemplo para mim

2 _____

Motivo: _____

_____

1

_____

Motivo: _____

_____

_____

4 _____

Motivo: _____

_____

_____

3 _____

Motivo: _____

_____

_____

Pessoas que não são um exemplo

1 _____

Motivo: _____

_____

_____

2 _____

Motivo: _____

_____

_____

3 _____

Motivo: _____

_____

4 _____

Motivo: _____

_____

_____

_____

_____

GAMES

O que mais curto em jogar videogame

é que _____.

Meu jogo predileto é

_____.

O tipo de jogo que mais gosto é

_____.

Se eu pudesse entrar em um game,

entraria no _____.

COISAS QUE NÃO CURTO QUANDO ESTOU JOGANDO

Eu detesto quando estou jogando e

_____.

Fico muito bravo se alguém

_____.

Por que sempre que eu estou jogando

_____???

FICA A DICA

Existem algumas pessoas para quem eu queria dar aquela DICA já faz um tempo.

Nome: _____

Fica a dica: _____

_____

Nome: _____

Fica a dica: _____

_____

Nome: _____

Fica a dica: _____

_____

DICA PARA MIM MESMO

A dica que dou para mim mesmo é

_____

_____

_____

_____

_____

_____

_____

E AÍ, DIÁRIO?

___/___/_____

Hoje...

_____

_____

_____

_____

_____

_____

_____

_____

_____

__/__/_____

Hoje...

_____

_____

_____

_____

_____

_____

_____.

_____

SIM OU NÃO?

Para as perguntas abaixo, há apenas duas opções de resposta. Seja sincero.

1. Você já mijou na cama?   Sim ( ) Não ( )

2. Você já usou cueca rasgada?   Sim ( ) Não ( )

3. Já ficou vermelho por receber um   Sim ( ) Não ( )
sorriso de uma garota?

4. Falou para seus pais que ia para um   Sim ( ) Não ( )
lugar e foi para outro?

5. Publicou na internet algo que não   Sim ( ) Não ( )
achava tão legal?

6. Já ficou com vergonha de ter sido marcado em uma foto na internet?   Sim ( ) Não ( )

7. Sentiu vergonha de algo que seus pais comentaram?   Sim ( ) Não ( )

8. Quis morar em outro lugar, de preferência, sozinho?   Sim ( ) Não ( )

9. Viu ou leu algo proibido para a sua idade?   Sim ( ) Não ( )

10. Falou uma mentira para você mesmo, para não desistir de fazer algo?   Sim ( ) Não ( )

- -

RESULTADO

Se a maioria foi SIM

Parabéns! você é supersincero cosigo mesmo e assume o que já fez :)

Se a maioria foi NÃO

Parabéns! você é perfeito!

P.S.: você não esperava uma análise mais profunda sobre isso, né?

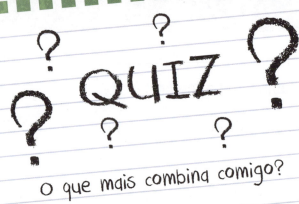

QUIZ

O que mais combina comigo?

SIM **OU** **NÃO**

☐ ☐

TALVEZ **OU** **JAMAIS**

☐ ☐

TUDO **OU** **NADA**

☐ ☐

MEDO **OU** **CORAGEM**

☐ ☐

DÚVIDA **OU** **CERTEZA**

☐ ☐

Sonhando alto

Coisas incríveis que eu gostaria de fazer e que ninguém sabe.

1 ....

2 ....

3 ....

4 ....

5 ....

FRASES QUE EU COLOCARIA NA PORTA DO MEU QUARTO

( ) Não perturbe.

( ) Dê meia volta e caia fora.

( ) Você não tem algo mais interessante para fazer?

( ) Bem-vindo ao meu quarto!

( ) Respire fundo e prepare-se!

77

SE...

Se eu ganhasse na loteria,

_____
_____
_____
_____
_____
_____ .

Se eu fosse presidente do país, _____

_____
_____
_____ .

Se eu pudesse ser outra pessoa, gostaria de
ser _____ porque ele(a)
é _____, e eu poderia
fazer _____
_____
_____
_____.

COISAS QUE EU FAZIA E QUE SINTO SAUDADE

1 ....

2 ....

3 ....

4 ....

5 ....

COISAS QUE EU FAÇO E QUE SÃO INCRÍVEIS

1 ....

2 ....

3 ....

4 ....

5 ....

Viajando por aí

Em uma viagem para a praia, quem eu levaria?

Eu levaria _____ porque

_____ e juntos nós _____

_____ .

Eu levaria também _____ porque

_____ e juntos nós _____

_____ .

E se fosse para um sítio, quem eu levaria?

Eu levaria _____ porque
_____ e juntos nós _____
_____.

Levaria também _____ porque
_____ e juntos nós _____
_____.

A FRASE QUE MAIS TEM A VER COMIGO

( ) Se algo dá errado, eu insisto até que dê certo.

( ) Eu insisto em algo até certo momento.
   Ideias novas são sempre bem-vindas.

( ) Quando quero algo, eu tento uma ou duas
   vezes. Depois, eu esqueço ou deixo pra lá.

Um exemplo da frase que escolhi é

_____

_____.

Uma mensagem
para os adultos

_____
_____
_____
_____
_____
_____
_____
_____
_____.

vantagens de ser um garoto

1 ....
2 ....
3 ....
4 ....
5 ....

O que eu mudaria nos adultos

1 ....
2 ....
3 ....
4 ....
5 ....

E AÍ, DIÁRIO?

___/___/_____

Hoje...

_____

_____

_____

_____

_____

_____

_____

_____

___/___/_____

Hoje...

_____
_____
_____
_____
_____
_____
_____
_____
_____
_____
_____.
_____

PROFISSÕES

que eu jamais seguiria

1 ....

2 ....

3 ....

4 ....

5 ....

PROFISSÕES

que deveriam ser inventadas

1 ....

2 ....

3 ....

4 ....

5 ....

PROFISSÕES
que eu admiro muito

1 ....
2 ....
3 ....
4 ....
5 ....

92

PROFISSÕES

interessantes

Eu acho _____ interessante,

pois _____

_____.

Eu acho que trabalhar como _____

é incrível, pois _____

_____.

93

MEU PAÍS

O que eu acho que combina
muito comigo no meu país?

O que não tem nada a ver comigo?

O que eu mudaria no meu país?

Uma mensagem para as pessoas do meu país:

MENSAGEM PARA MIM MESMO